# 編者的話 From the Editors

我們是麥荷（Heather McNaught），一個學習中文已經很多年的學生，和齊玉先（Ocean Chi），一個很愛教中文的老師；我們是《中文讀本》的主編。我們很希望你會喜歡《中文讀本》這套書。這套書的故事包括有傳統故事（traditional stories）和原創故事（original stories）。

學習語言不只是要學習文法和生詞，也要學習那個國家的文化，他們有意思的故事是什麼？有名的人是誰？平常的生活跟你一樣不一樣？如果你是正在學習中文的學生，你應該會對華人社會和中華文化有興趣，也想多知道一些中國人的故事。

你一定已經學會了很多漢字，想多看看一些中文書，問題是你找不到好看的書可以讀，對不對？讀那些給小朋友看的書，沒意思；看那些寫給中國人看的書，太難了，看不懂，怎麼辦？那麼，選這套書就對了，因為這套書就是寫給外國人

看的。書裡面用的都是比較簡單的中文，用較容易的語法來寫的。而且這套書的故事不是寫給小朋友的，是寫給大人的，所以你一定會覺得故事很有意思。

　　看完這套書，你的中文一定會更好，肯定會學到一些新的東西，知道更多中國人的故事。

　　喜歡這本的話，就再看一本吧！祝你讀書快樂，中文學得越來越好！

麥荷和齊玉先　共同編輯於台灣台中

再度回首，那年剛滿十八歲。

四十八週到醫院實際學習的日子，

好像昨日才發生，

終究不知自己是如何渡過的。

如今，不願回憶，卻無法忘懷。

在流失的歲月裡，我驚覺到……

# 故事主角介紹

怡君，一個剛滿十九歲的小女孩，

因為學業的關係，

被迫提早面對人生中的

生、老、病、死。

一年後的她，變了。

糾纏於她心中的結

到底是什麼？

是否能解得開呢？

# 目 次　Table of Contents

# 第一章
# 興奮的心情

「慧娟，妳拿到妳的**行程表**[1]了嗎?」怡君興奮地叫著。

「拿到了啊!妳呢?妳到哪些醫院去?」慧娟回答著。

「我前五個月在中部，後七個月在北部的醫院。我都和永惠在一起，不過有兩個地方我們是分開的。妳呢?」

「我是前後都在中部，中間的七個月在北部。對了!妳到時候把妳的行程影印一張給我，等我們都在台北時，就能約一約出去玩。」

「好啊!沒問題。」

教室裡非常熱鬧，全班同學**你一言我一語**[2]地都在討論去醫院實際學習的地點，完全沒聽到老師早已經進了教室。

「咳!咳!同學們請坐好。」老師試著打斷她們的談話。

「明天開始要放寒假了，過完年妳們都要到醫院去實際學習。要記住，理論和實際有時候有很大的差異，不懂的地

---

1. 行程表（xíngchéngbiǎo） 一份記錄每天要做什麼事和何時去做的文件 schedule; itinerary
2. 你一言我一語（nǐyìyán, wǒyìyǔ） 你說一句，我講一句，表示大家討論得很熱鬧 back-and-forth chattering; everyone talking at the same time

方要向正式護士和帶妳們的老師請教。多問才能多學，知道嗎？另外，大家自己出門在外要多注意安全，有任何事情記得向帶妳們的老師反應，同學之間也要互相幫忙，知道嗎？」

「知道了！」同學一起說。

「沒事的話，先祝大家新年快樂！也希望一年以後，老師看到的是一群正式的護士，好好加油喔！」

「好！老師再見。」

「再見！」

「怡君，等一下結束，先去市區逛街再回去吧！不然，以後大家很難得見一次面。」慧娟說。

「也好，剛考完試，馬上又要過年了。一過完年就要去醫院報到，是該讓自己輕鬆一下。我看，找永惠、玉珠、惠玲她們一起去，人多熱鬧。」怡君說。

「我馬上去告訴她們，到時候如果沒搭上同一班公車，誰先到車站，就在百貨公司門口等一下。」

「好，待會見！」怡君回答。

回答問題，看看你理解了多少？

1. 教室裡大家熱烈地討論著什麼？

2. 為什麼老師要大家有問題要多問？

3. 回家以前大家準備先去什麼地方？為什麼？

# 第二章
# 意外的發現

內文 Text：track3　生詞 Vocab：track4

　　到醫院的學習之旅已經是第三個月了，怡君慢慢習慣了醫院的一切。這個月是在小兒科病房學習，而現在已經到了中午吃飯時間。怡君和永惠今天是早上八點到下午四點的班，中午吃完午餐就得繼續上班。

　　「永惠，等一下要吃什麼？」怡君問。

　　「我們只有半個小時可以吃飯，我看，就到地下室的餐廳好了，比較方便。」永惠回答。

　　「也好。十一點半了，走吧！」

　　兩個人來到了醫院附設的餐廳，點了菜，坐了下來，一邊吃一邊聊。

　　「怡君，妳聽到救護車的聲音了嗎？奇怪，今天救護車的聲音怎麼那麼頻繁？希望別發生什麼事才好。」永惠說。

「等一下回病房就知道了。走吧！快十二點了。」怡君催促著說。

回病房的兩人，讓其他同學去吃午餐，又開始日常的工作。然而，外面的救護車聲音，似乎沒有停下來的**跡象**[3]，反而越來越急促。沒過多久，就傳來了醫院的廣播。

「九一一，九一一，請各個病房將剩餘的**擔架**[4]推到急診室，病房只留兩位護士。所有的學生不准休息，馬上跟著病房的正式護士到急診室幫忙。」

「到底發生了什麼事？」永惠問。

「不知道，反正下去就知道了。不過我想一定是重大事件，要不然不會要大家都去幫忙。」怡君說。

兩個人匆匆忙忙地跟著其他護士來到一樓急診室。一出電梯，就聽到了病人痛苦的叫聲。平日忙碌的急診室，今天更是擠得**水泄不通**[5]。

---

3. 跡象 ㄒㄧㄤ（ jīxiàng ）現象、樣子 indication; sign
4. 擔架 ㄐㄧㄚˋ（ dānjià）一種很輕的床或架子，用來搬動病人或受傷的人 a stretcher
5. 水泄不通 ㄊㄨㄥ（shuǐxièbùtōng）形容人很多，很擁擠 lit. not even one drop will fall through; fig. impenetrable

「同學，把**生理食鹽水**[6]拿來幫病人清理傷口。」一位護士說。

「妳們兩個把這個病人推到開刀房去，動作要快。」另一位護士大聲叫著。

「永惠，妳看這個病人手指頭上的肉，好像一朵花。」怡君說。

「怡君，求求妳不要再說了，我覺得我要昏倒了。病人一直喊痛，我快受不了了！」永惠說。

「妳可不能昏倒。妳是護士，現在救人第一。」怡君冷靜地說。

怡君話剛說完，就聽到護理主任要大家等一下把不必開刀的病人都送到十樓，因為急診室已經人山人海，不是醫生護士，就是受傷疼痛的病人，要不然就是急忙趕來的病人**家屬**[7]。

---

6. 生理食鹽水（shēnglǐshíyánshuǐ）一種可以用在身體裡面的鹽水 normal saline solution
7. 家屬（jiāshǔ）家裡其他的人 family member

忙碌的一天，終於告一段落了。每個人拖著沉重的腳步回到宿舍，早已沒有吃飯的心情。

那場重大災難是一家工廠，中午休息時分員工在餐廳吃飯，**天然氣**[8]不知為何突然爆炸。當時在地下一樓用餐的員工躲避不及，紛紛受傷，送醫急救。

「永惠，我快嚇死了。」走進房間的隔壁班同學美蘭說。

「我也是，不過怡君好勇敢，都不怕。」永惠說。

聽到永惠這麼稱讚自己，躺在床上休息的怡君淡淡地對著大家笑了笑說：「沒什麼啦！我也沒永惠說的那麼勇敢。當時腦海裡就只有一個想法 ── 得趕快救人，根本沒時間讓我害怕。」

當晚，做完功課正在寫日記的怡君，聽著外頭沒停過的救護車聲響，心情越來越沉重，她心想：「那些發生意外的病人，都是一些**基層勞工**[9]，他們很多都是家裡的經濟支柱，

---

8. 天然氣（tiānránqì）一種氣體燃料，可以用來燒水或煮菜 natural gas
9. 基層勞工（jīcéngláogōng）一個公司裡面職位比較低的員工 entry level employee

一家大小都得靠他們的薪水過日子，如今躺在醫院，家裡的生活一定會有問題。」

　　「算了，不要再想了，我也幫不上忙，睡覺去吧！」怡君告訴自己。

　　安靜的夜晚，擴大了救護車「嗚……嗚……嗚……」的聲響。怡君完全沒想到那聲響擾得自己一整晚都沒辦法睡覺，而且整整一個星期，只要半夜一聽到救護車的聲音，就會被嚇醒。

怡君最後跟老師、同學撒了個小謊，說因為宿舍太吵，所以不住了，要搬回家去，每天搭公車到醫院上班。

這場工廠意外，也讓怡君意外地發現，自己並沒有想像中的堅強。然而在別人眼中，怡君仍是一個勇敢、堅強的女孩。

回答問題，看看你理解了多少？

1. 為什麼今天救護車的聲音會那麼頻繁？

2. 怡君和永惠在面對病人時，有什麼不同的反應？

3. 回到宿舍的怡君，為什麼心情越來越沉重？是什麼事情讓她心情不好？

4. 怡君從這場意外發現了自己的什麼問題？

# 第三章
# 老人家的可愛

🦻 內文 Text：track5　生詞 Vocab：track6

絕大多數**膽固醇**[10]過高的人，容易得**高血壓**[11]，並且他們**中風**[12]的機率會比一般膽固醇正常的人高一些。因此，電視節目中總有不少的廣告在提醒大家要注意自己的膽固醇高低，不要讓高血壓、中風找上自己。在**內科**[13]學習的那兩個月，怡君遇到了兩位很可愛的老人家，一位是奶奶，一位是爺爺。

怡君在醫院病房首先遇到了奶奶，她已經七十多歲了，因為高血壓中風而住進醫院。剛進醫院的時候，奶奶右半邊

---

10. 膽固醇（dǎngùchún）身體裏面的一種成份 cholesterol

11. 高血壓（gāoxiěyā）指血壓比正常的標準高 high blood pressure

12. 中風（zhòngfēng）一種腦部血管出血或堵塞的疾病 to suffer a stroke

13. 內科（nèikē）醫學中的分科之一，主要看身體內部的各種疾病 internal medicine

的手腳都沒有力氣。雖然右手無法握住東西，右腳無法支撐身體的重量，但她躺在床上還能上下左右移動，因為只是**輕微**[14]中風。不過她仍需藥物控制血壓，而且還得定期做**復健**[15]。

「奶奶，早。我來幫妳量體溫。」怡君笑著說。

「……，好。」奶奶不清楚地說著。

「唉！老……老了，要……要人……照照……顧……」奶奶低著頭，口齒不清地一字一句地說著。

「奶奶，妳乖乖吃藥。我每天陪妳運動，很快妳就不需要別人照顧，可以回家了！」怡君說。

過了幾天，奶奶不知為什麼鬧脾氣不肯吃飯。奶奶的女兒匆匆忙忙地跑到護理站找怡君。

「小護士，我媽媽不肯吃飯，妳可以替我去勸勸她嗎？」奶奶的女兒焦急地說。

「阿姨，我這些資料寫好就過去。」怡君說。

---

14. 輕微（qīngwéi）　一點點，不嚴重 minor; not serious
15. 復健（fùjiàn）　重複幾種手、腳或身體的動作，使本來活動不太好的部份能漸漸變好 physical therapy; rehabilitation

「奶奶，吃飽了嗎？」怡君問。

奶奶什麼也不說就搖搖頭。

「是喔！我原本想，要是妳吃飽了要陪妳去散步，既然妳不吃飯，我等一下就不帶妳去逛逛了。」怡君故意說。

「嗯……不是我不吃，是我飯粒一直掉，女兒一直說我，我不高興就不想吃飯了。」奶奶頭低低地小聲地說。

「奶奶，這樣好了，我餵妳吃飯，吃完飯我們就去散步練習走路，回來以後我們再做手部的運動，下次就能自己吃飯囉！」怡君說。

奶奶終於展開笑容說：「好。」

陪完奶奶做完復健的怡君，找到機會跟阿姨說：「阿姨，奶奶現在就像孩子一樣，妳要鼓勵她，這樣病才會快點好。」怡君說。

「我知道，只是有時候控制不了自己的脾氣。奶奶她急，我比她還急，因為我一直跟公司請假也不是辦法。我會儘量不要給她壓力。」阿姨**無奈**[16]地說。

16. 無ˊ 奈ˋ（wúnài） 對一件事情，覺得沒有辦法而不開心的感
　　覺；無可奈何 to have no choice

這一個星期，怡君每天都陪著奶奶練習走路，做一做手部運動，讓**肌肉**[17]變得有力量。偶爾奶奶鬧脾氣，像個孩子般**賴皮**[18]不願意練習，不願意吃飯，怡君總有辦法哄騙奶奶，讓奶奶開心，像對個孩子般鼓勵奶奶。

　　時間過得真快，一個多禮拜過去了，奶奶的情況越來越好。那天醫生到病房來看奶奶時，被奶奶**童心**[19]般的**舉動**[20]給嚇了一大跳。

17. 肌ㄐㄧ肉ㄖㄡˋ（jīròu）　動物皮膚下可以收縮用力的組織 muscle
18. 賴ㄌㄞˋ皮ㄆㄧˊ（làipí）　像小孩一樣不守規矩、對答應的事沒做到還笑嘻嘻的樣子 unreasonable
19. 童ㄊㄨㄥˊ心ㄒㄧㄣ（tóngxīn）　像孩子一樣單純、直接、真誠的心 child-like innocence; playfulness
20. 舉ㄐㄩˇ動ㄉㄨㄥˋ（jǔdòng）　行動，行為 movement; action

「奶奶，妳好點了嗎？」醫生一邊走進病房一邊說。

「醫生，我好多了，你看！」奶奶一邊把右手和右腳抬得高高地，一邊大聲回話，並且急著要下床走給醫生看。

醫生被奶奶**突如其來**[21]的動作嚇了一跳，因為奶奶的腳差點踢到醫生的鼻子。站在旁邊看著醫生表情的怡君差點笑了出來。

醫生仔細地幫奶奶檢查後，說：「奶奶，再過兩三天您就可以出院了。不過回家以後，還是要注意血壓喔！」

「是喔！可以出院回家了！要謝謝這個小護士，她常常陪我運動，幫我做復健。」奶奶高興地說。

兩天後，奶奶出院了，阿姨準備了一些水果要謝謝怡君。怡君說學校規定不能收任何東西，可是阿姨堅持要送，怡君才答應收下一顆蘋果。

看著病人恢復健康，怡君心裡比奶奶、阿姨還要高興。奶奶出院了，怡君照顧的病人換成了一位爺爺，他也是一位中風的病人。

---

21. 突<sub>ㄊㄨ</sub>如<sub>ㄖㄨˊ</sub>其<sub>ㄑㄧˊ</sub>來<sub>ㄌㄞˊ</sub>（túrúqílái） 忽然出現的 to appear suddenly

爺爺是一位可愛的老人。他就像是另一位奶奶，有時候發發脾氣。不過比較特別的是，爺爺是個積極的人，他很想趕快出院，因此時間一到，如果怡君忘記陪爺爺做復健，爺爺就會按叫人鈴提醒怡君。

　　看著爺爺一天一天地康復[22]，怡君心裡比誰都高興。不過有意思的是，爺爺竟然要怡君跟自己的孫子相親。怡君一直以來都認為爺爺只是開開玩笑而已，因為從爺爺情況較好開始，就一直對怡君提起這件事。誰知有一天當兵的孫子，居然因為爺爺的要求，特地排了一天假到醫院來看爺爺。怡君和他在病房一見，真是尷尬[23]極了！

　　「爺爺，要記得吃藥。您今天的血壓很正常，所以我先去忙別的事了。」怡君趕緊找個藉口離開。「偶爾遇到熱心的病人，其實也很有趣嘛！」怡君心想。

　　看著在醫院裡進進出出的病人，怡君心中免不了有些難過，但是她小小的年紀其實已經了解到，唯有健康才是自己

---

22. 康復ㄈㄨˋ（kāngfù） 身體從不好或不健康變為好或健康的過程 to recover

23. 尷尬ㄍㄚˋ（gāngà） 覺得很不好意思 to be embarrassed

真正能擁有的**財富**[24]，其他的外在物質都只是短暫的享受罷了！

---

24. 財ㄘㄞˊ富ㄈㄨˋ（cáifù）金錢或財產 wealth or riches

回答問題，看看你理解了多少？

1. 什麼樣的人容易中風？要注意些什麼？

2. 這章的兩位老人家個性有什麼不同？

3. 奶奶剛到醫院的情況怎樣？從哪一件事可以看出奶奶還像個孩子？

4. 爺爺要介紹孫子給怡君的事是真的，還是開玩笑？怡君有什麼感覺？

# 第四章
# 跨越不了的難關

內文 Text：track7　　生詞 Vocab：track8

　　感情與工作是人們最在意的兩件事，所以古人才說：「**英雄難過美人關**[25]。」不過除了古人說的，現在更應該加上一句：「**美人也難過情關**[26]」吧！因為人們總是擺脫不了感情，更無法避免或忘記感情所帶來的傷害。

　　那天，怡君和永惠踩著疲累的腳步回到了宿舍，心想好不容易可以休息一下。誰知道一走進宿舍，吵雜的聲音馬上引起她們兩人的注意。

---

25. 英雄難過美人關（yīngxióng nánguò měirénguān） 通常是說一個男生愛上了一個女生時，就變得以那個女生為主，很多事情都被那個女生影響、改變 when a man is in love with a woman, he will be strongly influenced by her; even a hero cannot withstand the seduction of a beauty

26. 情關（qíngguān） 愛情的考驗 a test in a romantic relationship

「欣欣，宿舍怎麼那麼吵啊？」怡君看到另一班的欣欣就問。

「妳剛下班吧！妳們班的淑惠四點下了班，就把自己鎖在房間裡，她的室友也進不去。」欣欣回答說。

「她沒事把自己鎖在寢室[27]做什麼？害大家都不能進去休息。」還搞不清楚狀況的怡君說。

「她為什麼把自己鎖起來？心情不好嗎？」永惠也問。

「聽說淑惠失戀了，再加上今天上班時被護士長罵，心裡很難過，一回來就一直哭。大家怎麼勸，她就是不開門。」欣欣說。

「怎麼會這樣，我們上去……」怡君話還沒說完，就聽到樓上傳來尖叫聲。

「快點通知老師，快點……」有個同學說。

「淑惠，不要做傻事啊！」另一個同學說。

「快點，我們上去看看。」怡君緊張地說。

---

27. 寢室（qǐnshì） 宿舍的房間 dorm room

三個人衝上了三樓，看到一大群同學在淑惠的寢室外頭，大家都不知道該怎麼辦才好。

　　一到三樓的怡君，馬上問了一位同學：「現在怎麼樣了？」

　　大家一看到是怡君，馬上鬆了一口氣。雖然怡君在班上年紀算挺小的，但處理起事情來卻非常成熟，所以大家都很願意**聽從**[28]她。

　　「妳終於回來了，現在怎麼辦？」玉珠低聲地說。

　　「什麼怎麼辦？當然是先想辦法進去。剛剛的尖叫聲是怎麼一回事？」怡君問。

　　玉珠說淑惠因為前幾天男朋友說要分手，心情差，再加上今天上班時不知為什麼，事情一直做不好而被罵，所以一回到宿舍整個人就**崩潰**[29]了，淚水再也沒停過。剛剛同學從上面的窗戶看到她好像拿刀子要割手，所以很緊張。

---

28. **聽從**（tīngcóng）　聽某人的話去做事 to listen and obey
29. **崩潰**（bēngkuì）　形容人失去自我控制的能力，指一個人傷心難過極了 to collapse; to fall apart

「先找人通知老師，順便問問看老師有沒有鑰匙。另外再找一個身材比較瘦小，膽量比較大，敢爬窗戶的同學。其他的同學都先回去做自己的事，不要圍在這裡好嗎？那麼多人在這裡，她會更激動。」怡君開始交代大家該做的事。

「淑惠，我是怡君，妳先不要哭好嗎？有事情等開了門，我們一起想辦法解決，好嗎？」怡君說。

「我不要，妳們都走開。我死掉算了，為什麼大家要這樣對我……」淑惠激動地哭著說。

「淑惠，我們都很關心妳，是那個男生沒眼光，不要為了他那麼傷心。」

「我……我……為什麼他不愛我了……」

「他不愛妳，還有我們啊！」怡君話剛說完，老師就帶著鑰匙來到了宿舍。打開房門的瞬間，看到床邊那幾滴血，大家都嚇傻了，不知該如何處理。

「淑惠，不哭了，沒事了。」老師和藹地說。

「老師，我……我……」淑惠像是見著媽媽似的，放聲大哭。

「你們這些未來的護士，不要只站在那裡，過來幫淑惠止血[30]。」老師的一句話驚醒了大家。

在醫院做完傷口處理後回來的淑惠，似乎是累了，帶著淚水進入睡夢中。老師說幸好她手上的傷口割得不深，要不然就麻煩了。老師要大家這幾天多注意淑惠，多陪陪她，讓她早點忘掉那些不愉快的事。

在大家的努力下，淑惠沒多久又展開笑容，不再折磨自己，大家也都為她感到高興。不過，在怡君的心裡一直有個問號，那就是人為什麼有勇氣自殺？自殺真的可以解決問題嗎？或許答案也只有遇到事情的人才知道吧！

---

30. 止血（zhǐxiě）讓血停止不再流出來 to cause a wound to stop bleeding

回答問題，看看你理解了多少？

1. 「英雄難過美人關」是什麼意思？

2. 為什麼淑惠一下班就把自己鎖在房間裡？

3. 怡君交代同學做什麼？大家聽不聽怡君的話？為什麼？

4. 老師要大家怎麼幫淑惠走出傷痛？

# 第五章
# 厚重的鐵門

內文 Text：track9　生詞 Vocab：track10

「厚重的鐵門，在深鎖的背後，一雙雙乾枯的手，夾著吵雜聲，似乎想讓他們的生命，**凍結**[31]在停頓的畫面上。**狂亂**[32]地奔跑，卻尋找不到出口，整個人跌落在恐懼、不安的空間。」……從睡夢中驚醒的怡君，總是一身的冷汗以及滿臉驚慌的表情。

那一個月，不安的心情，總在鐵門深鎖的剎那間，莫名地爬上怡君心頭。

他，一位幻想著有人要傷害他、具有攻擊行為的病人，對於四周的人、事、物，充滿著懷疑。懷疑其他病人中，有人要殺他；懷疑護士在食物中下毒；懷疑，太多的懷疑……。

---

31. 凍結（dòngjié）好像結冰一樣凍住了 to freeze
32. 狂亂（kuángluàn）好像瘋了一樣 hysterical

「妳不要過來，妳是壞人……」病人說。

「阿明，我是照顧你的護士，你不要怕，我不會傷害你的。」怡君說。

「阿明，吃飯了。」

「我不要吃，有人在飯裡面下毒。」阿明說。

「你放心，沒有人下毒，我都一直在旁邊看著。不然我吃給你看。」怡君伸手要去拿菜。

「不用了，妳沒騙我？」阿明用他那還有點懷疑的表情看著怡君。

「真的，我沒騙你。快吃吧！等一下要吃藥喔！你乖乖吃飯，抽煙時間到了，才讓你抽煙。」怡君像在哄小孩一樣。

「嗯！」阿明笑著點點頭。

在醫學理論與實際照顧病人的經驗相互運用下，經過幾次的交談，阿明對於怡君的關懷，從**排斥**[33]、不信任，漸漸到開始願意交談，最後終於接受了怡君這個小護士。

當怡君充滿著信心想幫助更多病人時，阿明的病情卻產生了讓人**意想不到**[34]的變化 —— 原本溫和的個性轉為暴躁的脾氣，對護士**怒目以對**[35]，總是躲在角落喃喃自語。怡君想盡辦法要和阿明說話，阿明卻是一句也不說，也不答話。

---

33. 排斥（páichì）　不接受 to reject
34. 意想不到（yìxiǎngbúdào）　想不到；沒想到；有驚訝的意思 unexpected
35. 怒目以對（nùmùyǐduì）　很生氣地用眼睛瞪著、看著 to glare angrily

怡君不斷地告訴自己重新開始，就會像以前一樣。然而一切的努力似乎是徒勞無功，全都白費力氣。

直到那天，在台北火車站**候車室**[36]等車時，怡君才知道自己隱藏起來的那顆不安的心 ── 深怕那道鐵門，將鎖住她的所有以及對工作堅持的那顆心 ── 似乎隨時會被擊敗而崩潰。

那天，怡君和永惠一下班，就急急忙忙地搭公車到台北火車站，準備回家。兩人買了些麵包和飲料，就在候車室裡解決午餐。兩個小女生一邊聊一邊吃，直到永惠看到了一個人。這個人讓怡君張大嘴巴，**愣**[37]在那裡。

「怡君，妳看右前方的那個男生。」永惠說。

「是我的病人嗎？他偷跑出醫院了？」怡君驚訝地說。

「應該不是吧！雖然身材、臉孔都很像，甚至眼鏡也一樣，不過好像比妳的病人小一號。」永惠開玩笑地說。

---

36. 候車室（hòuchēshì）　等車的小房間 waiting room at a bus station or a train station

37. 愣（lèng）　呆住，不知道說什麼才好的樣子 to be stunned or stupefied

「對喔！是小了一號。」怡君勉強擠出笑容說。

只有怡君清楚，自己快要支撐不了心裡所承受的壓力。原本以為回到台中休息兩天再回台北，應該就能再度面對，誰知事情並沒有想像中的那麼順利。

「老師，剩下兩個星期，我能不能不要當組長了？我快受不了了。」回到台北上了一天班的怡君忍著眼淚跟老師說。

「怎麼了？一直以來，妳都表現得非常好啊！」老師拍拍怡君的肩膀說。

「老師，我覺得壓力好大，我照顧的病人也沒有好一點。我覺得我快要發瘋了。」怡君的淚水終於忍不住掉了下來。

「怡君，接下來的兩個星期沒有太多的事，我會找一個同學幫妳。妳不要給自己那麼大的壓力，再試試看好嗎？」老師鼓勵她說。

「嗯，好。」怡君擦乾眼淚回答。

最後兩個星期，怡君知道只有面對問題，才能解決困擾許久的問題。她說服自己鼓起勇氣，再次面對阿明這個病人。雖然最後學習時間結束時，結果不是令人非常滿意，但至少阿明仍願意跟她說上兩三句話，她也對得起自己了。

怡君在短短一個月的病房學習過程中，心裡經過了無數次的**掙扎**[38]，這過程讓怡君感覺到自己的**殘忍**[39]與自私。

---

38. 掙扎（zhēngzhá）想用力擺脫身體或心理束縛的過程 to struggle

39. 殘忍（cánrěn）看到別人的痛苦時，冷酷而沒有同情心 merciless

怡君一直認為學校安排大家到醫院學習，是為了能在實際狀況中應證[40]所學的理論基礎。可是在這裡，每一個月就有一批新的小護士，剛剛和病人建立了信任感，卻又因學習的結束必須離開。這無數次的別離引起病人的焦慮[41]，讓怡君感到矛盾。每次當她注視著病人們不安的眼神，心中就充滿愧疚，對於那些病人，怡君有說不出的抱歉。

一個月的病房學習，帶給病人們對人的不信任，讓怡君不得不懷疑，她的到來，是對？是錯？

一群被遺忘在角落的人，還是有許多人喜愛他們。在他們身上，怡君看見了他們像孩子般的純真；在他們的行為中，怡君看見了許多事是不需害怕的，只要去做就是。誰能說他們有錯？誰能知道這是他們所願意的？或許，他們只是不願在自私、競爭的世界中，增加無謂的爭吵。他們是一群被遺忘在角落裡的小孩，有顆無助、脆弱的心，渴望著更多的關懷與愛。

鐵門內深鎖著怡君曾有過的不安、恐懼，鐵門外深深繫著怡君的無奈與對病人的關懷。一雙雙溫暖的雙手，夾雜著

---

40. 應證 （yìngzhèng）對照，證明 to verify
41. 焦慮 （jiāolù）緊張擔憂的樣子 anxious; worried; apprehensive

吵雜聲，怡君向他們道別。厚重的鐵門，又再度深鎖了，深鎖著一群被遺忘的人 —— **精神病人**[42]。

42. 精⁴神⁵病²人⁵（jīngshénbìngrén）神智有問題的人
psychiatric patient

## 回答問題，看看你理解了多少？

1. 看完這篇文章，你覺得怡君為什麼會做惡夢？

2. 怡君怎麼讓阿明慢慢接受她？

3. 為什麼怡君在火車站的候車室裡會那麼驚訝？

4. 怡君在這裡的一個月，為什麼常常覺得矛盾？

5. 為什麼怡君認為精神病人像個孩子？

# 第六章
# 小生命大啟示

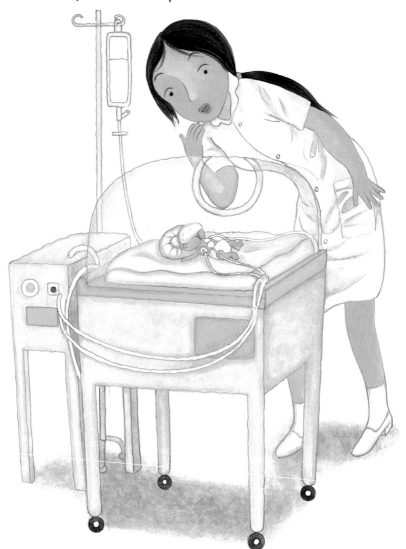

　　一年半了吧！雖然只是匆匆地見過一眼，他，一個小小的嬰兒，卻在怡君的心中留下了深刻的印象。至今，一直無法**忘懷**[43]。

　　「阿姨，告訴我，為什麼我和其他小嬰兒不一樣？」小嬰兒說。

　　「阿姨，為什麼我又小又黑？我長得有點奇怪耶！」小嬰兒好奇地說。

　　「為什麼那麼多醫生伯伯圍著我？」小嬰兒更好奇了。

　　「體重七百六十公克，嘴唇有點裂開了，好像有……趕快接呼吸器……給**氧氣**[44]、送小兒科的**加護病房**[45]……」醫生們討論著。

---

43. 忘懷（wànghuái）忘記 to forget
44. 氧氣（yǎngqì）空氣中的一種成份，約佔空氣的五分之一 oxygen; O2
45. 加護病房（jiāhùbìngfáng）有護士或醫療人員特別照顧的病房，而且只能在固定時間開放給親友探病 Intensive Care Unit

怡君和小嬰兒，他們兩人是在嬰兒房的觀察區相遇的。那天，他剛從媽咪的肚子來到這美麗的世上。小小的身體，不安地躺在醫生那雙大大的**五指山**[46]上，不斷地哭喊。只有二十五週大的他，身上被醫生伯伯插上了無數的救命管子。

「怡君、永惠，快一點。把手邊的工作先放下，跟我到觀察區去。」老師說。

「好，我們馬上去。」

又是一次不容許放棄的實際教學，機會難得。老師彷彿發現新大陸，催促著怡君和永惠，趕緊**安置**[47]其他的嬰兒。而他，那個小小嬰兒，最後被送到小兒科加護病房，情況如何怡君也不得而知了。

---

46. 五×指⚹山ㄕ（Wǔzhǐ Shān）山名，在台北。這裏形容小嬰兒在醫生的大手裏 A mountain in Taiwan whose name in Chinese means "Five Fingers"; here it is used to describe a small child in the hands of a doctor

47. 安ㄢ置⚹（ānzhì）安頓；安排；打點；把相關事物安排妥當 to help settle down; to arrange for

怡君從嬰兒媽媽的資料知道，這個媽媽不年輕了，冒著生命危險懷了這個孩子，父母親都很期待孩子的到來。可是，孩子卻提早來報到。雖然如此，父母還是懇求醫生，一定要救救這個小嬰兒，因為不管未來的他怎麼樣，都是父母的心肝寶貝。

　　遇上他以後，怡君一直想著一個問題：「如果小嬰兒有權利，他會選擇如此的方式，來到這個世界嗎？會嗎？那麼我自己呢？會選擇在何處出生？依舊是現在的我嗎？依舊是在醫院當個小護士的怡君嗎？」

　　怡君也在想：「是什麼力量讓媽媽變得那麼勇敢？就算孩子不健康，父母為什麼也願意承擔那份照顧的責任？」這些問題，一直讓怡君困惑著。

　　那天，下了班，走在台北公館街頭，淹沒在人山人海的人群裡，站在天橋上的怡君，看著來來往往的人，突然覺得自己好渺小[48]。

---

48. 渺小（miǎoxiǎo）　很小，不重要 very small or insignificant

「小嬰兒他有勇氣用如此特殊的方式來到這個世界上，我呢？我卻當了時間的**過客**[49]，讓時間匆匆地**流逝**[50]；小嬰兒的生命掌握在別人的手中，而我的未來，應該掌握在自己的手裡吧！我應該學習那位母親，勇敢面對自己的未來。」怡君心裡想著。

　　回頭想想到醫院學習這一段不算長也不算短的日子，怡君漸漸地發現自己不曾用心去關懷身邊的人與事，只是隨著時間的**轉盤**[51]，不斷地**盲目**[52]旋轉，沒有自我，沒有目標，更沒有未來。

　　「人有了物質才能生存，人有了理想才談得上生活。生活，就是知道自己的價值、自己所能做的，自己所應該做的。」─〈莎士比亞論〉

---

49. 過客（guòkè）短暫停留的客人 a passer-by; a passing visitor
50. 流逝（liúshì）指時間過得很快，像水流一樣 （of time） to pass; to elapse
51. 轉盤（zhuǎnpán）輪盤 turntable
52. 盲目（mángmù）看不清楚，沒有目標，好像瞎了一樣 blindly

怡君靜下心來，想想，是該對自己的未來、所做所為負責了。他，一個小生命，都如此堅強地想生存、想活下來；而她更是應該抓住屬於自己的人生。

回答問題，看看你理解了多少？

1. 這個小嬰兒健不健康？從文章的哪一部分可以看出？

2. 為什麼怡君會覺得自己很渺小？她想到了什麼問題？

3. 怡君覺得小嬰兒和嬰兒的母親帶給她什麼啟示？

# 第七章
# 安靜地離開

內文 Text：track13　生詞 Vocab：track14

　　一年的醫院學習結束以後，再半個學期就將畢業了。然而，再次回到學校的怡君，不再像以前那樣活潑了。以前是學生會幹部的她總是喜歡和大家打打鬧鬧，常常端著飯盒坐在樓梯旁，一邊吃著午餐，一邊和經過的同學、老師聊上幾句，而現在從醫院回學校以後的怡君，安靜多了。

　　如今，大家很少看到坐在樓梯旁的怡君，很少看到在走廊上奔跑的怡君，很少聽到遠方傳來怡君的叫喊聲了。

　　「永惠，妳們班怡君怎麼了？」隔壁班的淑娟問。

　　「我也不知道，這學期她好安靜，不太愛說話。」永惠回答說。

　　「怡君最近怎麼都獨來獨往？」同班的慧娟說。

　　「是啊！不過我覺得怡君沒什麼改變啦！應該就只是變得沒有以前活潑，沒有以前愛開玩笑而已。」秀蘭說。

「會不會是因為快畢業了，所以心情變得感傷，不愛說話。」惠玲猜測著說。

大家所談論的事，大家所疑惑、所關心的事，其實怡君心裡都知道。她知道大家關心她，大家在乎她，可是，怡君自己也不知道自己怎麼了。

回到學校後的怡君，不再如同往日般活躍，臉上的笑容不知怎的消失了。喧鬧的日子不再有；走在校園中，也尋找不到年少輕狂[53]。她望著大肚山上的夕陽，卻沒有讚嘆[54]之聲。彷彿，**夕陽西沈**[55]，即將分離。但真的是因為即將分離，怡君才會變得如此嗎？

其實怡君的安靜不是沒有道理的，經過一年的醫院學習，小小年紀的她，看盡了生老病死，害怕再度面對死亡。怡君並不是對死亡有所恐懼，而是害怕看到醜陋的人性吧！

---

53. 輕狂（qīngkuáng）指年輕人大膽、瘋狂、率性的樣子 frivolous; wild and crazy
54. 讚嘆（zàntàn）稱讚驚嘆 to gasp in admiration
55. 夕陽西沈（xìyáng xīchén）太陽從西邊落下 the sun sets in the west

怡君想想，五年了，在護理學校五年了，想為這五年的學生生活留下些什麼，竟然不知道如何下筆。她想留一處空白**心靈**[56]、一段美麗回憶，為別離後的**行囊**[57]，裝載一份愛的祝福與關懷，可是，為什麼心裡總是隱隱作痛呢？

　　怡君一直想不透，為什麼她明明知道大家關心她，卻可以表現得那麼不在乎？為什麼？她最後連畢業典禮也沒參加，直到典禮結束才出現，害得大家等她一起照相。滿臉尷尬的怡君也只好請全班喝飲料當作**賠罪**[58]。

　　這個沒解開的問題，一直等到怡君從護理學校畢業，考進了大學的中文系以後，某天騎車經過母校，才找到心中疑惑許久的解答。

---

56. 心靈（xīnlíng）精神，心理 thoughts; spirit; heart
57. 行囊（xíngnáng）行李 luggage, here is used as a metaphor
58. 賠罪（péizuì）向人說對不起 to apologize

回答問題，看看你理解了多少？

1. 從前的怡君是一個怎樣的人？從醫院回來
   以後的怡君，又是個怎樣的人？

2. 怡君的改變是因為害怕什麼？

3. 怡君在護理學校一共幾年？

4. 為什麼畢業典禮那天，怡君要請全班同學
   喝飲料？

# 第八章
# 逃

內文 Text：track15　　生詞 Vocab：track16

　　雪白的衣裳、雪白的帽子，蠟燭緩緩地、慢慢地燃燒著，屋內的空氣越來越稀薄，讓人快要窒息[59]。怡君不斷地奔跑，不斷地想要逃離，逃離那顆軟弱的心，逃離那死亡的邊緣，逃離那不斷糾纏的夢魘[60]，逃離那頂雪白的護士帽。

　　只是，怡君萬萬沒想到，人逃離了，那心呢？

　　畢業已經許多年了，每當經過母校，總會想起以前在學校的歡樂時光，快樂的景象[61]就如昨日般清晰。過去立在校門口的白衣天使護士帽，如今已換成了象徵著一代傳一代，

---

59. 窒息（zhìxí）不能呼吸的情況或感覺 to suffocate
60. 夢魘（mèngyǎn）惡夢 nightmare
61. 景象（jǐngxiàng）情況 scene

把南丁格爾的精神**傳承**[62]下去的**火炬**[63]。怡君看著一群群年少輕狂、自認**瀟灑**[64]的學弟、學妹們，跟隨著自己的足跡，走著自己曾經走過的路。

而那天，怡君也才驚覺地找到心中疑惑許久的答案，原來她是那頂護士帽、那把火炬下的**逃兵**[65] —— 一個護理界的逃兵。

心中的結解開了。母校旁邊的花開得更茂盛、更美麗，似乎在慶祝怡君走出了心中的**枷鎖**[66]。

---

62. 傳承（chuánchéng）（指文化、藝術、歷史、風俗……等）一代一代傳下去 to carry on for future generations

63. 火炬（huǒjù）火把 a torch

64. 瀟灑（xiāosǎ）自由自在、不受拘束的態度 natural and unrestrained

65. 逃兵（táobīng）不敢面對挑戰而逃走的人 defector; deserter

66. 枷鎖（jiāsuǒ）一種可以關住人，使人不自由的工具 fig. shackles and chains

原來，困擾怡君很久的問題，是她知道自己沒辦法那麼早面對人生中的生老病死，她不想那麼早看透人們醜陋的那一面。她害怕自己變得像大人一樣自私，為了自己的利益傷害他人。所以，最後她選擇了逃避，逃避自己不想面對的問題，逃避從事護理[67]工作。

---

67. 護理（hùlǐ） 照顧、看護、管理病人的事 nursing

回答問題，看看你理解了多少？

1. 怡君要逃避的是什麼？她不願面對的又是什麼？

......

2. 怡君畢業後是否從事護士工作？

......

討論：

1. 你認為人如何面對生老病死？

---

2. 你認為自殺能解決問題嗎？為什麼？

---

3. 莎士比亞說：「人有了物質才能生存，人有了理想才談得上生活。生活，就是知道自己的價值、自己所能做的，自己所應該做的。」你個人認為有沒有道理，為什麼？

---

---

4. 生活中常出現矛盾的事情，就像故事中怡君去照顧精神病人，可是卻可能讓他們更不信任人。遇到矛盾的事情，你如何解決？

---

中文讀本（高級本）

# 心結

作　　者：龔秀容
繪　　圖：鍾偉明
企劃主編：麥　荷、齊玉先
發 行 人：林載爵
執行編輯：呂淑美
審　　稿：吳桃源、盧德昭
校　　對：曾婷姬
整體設計：瑞比特工作室
錄　　音：純粹錄音後製有限公司
出　　版：聯經出版事業股份有限公司
　　　　　臺灣臺北市忠孝東路四段561號4樓

國家圖書館出版品預行編目資料

心結/龔秀容著 . 初版 . 臺北市 .
聯經 . 2009年12月（民98年）. 56面 .
14.8×21公分 .（中文讀本）
ISBN　978-957-08-3492-5（平裝附光碟）

1.漢語　2. 讀本

802.86　　　　　　　　　　98021050

Chinese Readers（Advanced Level）

# A Nurse's Story

Author　　　　　　　　: Xiu-rong Gong
Illustrator　　　　　　 : Arthur
Editor-in-chief　　　　 : Heather McNaught, Ocean Chi
Publisher　　　　　　 : Linden T.C. Lin
Editor　　　　　　　　: Shu-mei Lu
Copy Editor　　　　　 : Tao-yuan Wu, De-zhao Lu
Proofreader　　　　　 : Teresa Tseng
Layout & Cover Design : Rabbits Design Inc.
Recording Production　 : Pure Recording & Mixing
Published by Linking Publishing Company
4F, 561 Chunghsiao E. Road, Sec. 4, Taipei, Taiwan, 110, R.O.C.

Printed in Taiwan

ISBN: 978-957-08-3492-5　　 Price: NT$220 / US$6.99